E. Beecher Stowe

La Cabaña del Tío Tom

SELECTOR
actualidad editorial

Doctor Erazo 120
Colonia Doctores **Tel. 55 88 72 72**
México 06720, D.F. **Fax. 57 61 57 16**

LA CABAÑA DEL TÍO TOM
Adaptador: Rubén Mendieta

Diseño de portada: Mónica Jácome y Sergio Osorio
Ilustración de interiores: Carlos López

ISBN-13:978-970-643-452-4
ISBN-10:970-643-452-6

Séptima reimpresión Diciembre de 2006.

Impreso y encuadernado en México.
Printed and bound in México

Prólogo

La Cabaña del tío Tom es la historia de un hombre que toda su vida fue esclavo y lo aceptó, porque en espíritu fue libre.

Esta obra también habla de cómo otros esclavos se rebelaron ante su condición y vivieron aventuras interesantes.

Te invitamos a que conozcas a estos personajes y puedas preguntar a tus papás y maestros, qué es para ellos la libertad. Asimismo, para que reflexiones sobre esta obra que es un mensaje de esperanza y lucha contra lo injusto.

Contenido

Malos tiempos para
el caballero Shelby....................9

Consternación en la cabaña
del tío Tom..............................23

Un negro bueno con grilletes...35

La lucha de una madre...........47

El destino de los esclavos
de los Shelby..........................53

Incomparable Tom..................61

Un nuevo dolor para Tom........63

El tío Tom encuentra la paz.....69

Malos tiempos para el caballero Shelby

Una tarde de febrero, dos caballeros charlaban en el salón de cierta casa de la pequeña localidad de P..., en el Estado de Kentucky. En rigor, sólo uno de ellos evidenciaba su condición de caballero; el otro, bajo, rechoncho, de facciones vulgares, delataba a lo sumo pretensiones de serlo. Por el contrario, el señor Shelby, el dueño de la casa, era un hombre distinguido, de modales refinados, sólo que en aquel momento estaba preocupado porque le debía a Haley, el hombre que lo acompañaba, una suma considerable de dinero.

—Haley, me pide usted demasiado, no puedo desprenderme de Tom —dijo.

—Usted debería sentirse satisfecho de poder liquidar lo que me adeuda al cederme a ese esclavo, señor Shelby.

—Mire, Tom es para nosotros más que un esclavo. Casi forma parte de la familia. Además, administra mis bienes con toda honradez.

— Ningún negro es honrado; pero no discutamos más por Tom y digamos... que usted me lo cede.

—No, no, eso es imposible.

—Mire, señor Shelby, las cosas tampoco van bien para mí, y aunque lo aprecio y desearía complacerlo, me resulta imposible en esta ocasión.

—¿Cuánto está dispuesto a pagar por él?

—Pues, verá... Con lo que voy a pagarle su deuda no queda saldada; si pudiera añadir algún otro de sus esclavos, algún muchachito o muchachita...

—No, todos me hacen falta.

En aquel instante, un encantador mulato de unos cuatro años apareció en la estancia. Después de verlo cantar y bailar, el hombre quería llevarse también al chiquitín.

Cuando el señor Shelby lo escuchó dijo:

—¿Cómo? Mi esposa nunca lo permitiría. No sabe el aprecio que le tiene al niño y a Elisa, su madre.

—No creo que se encuentre en condiciones de anteponer el sentimentalismo a la cuestión monetaria, señor. Le compro también a la madre, si es que quiere vendérmela.

— No puedo darle ese disgusto a mi esposa.

—¡Pues véndame únicamente al niño! Recuerde que su deuda vence ahora y puedo hacer uso de los pagarés.

—Tendré que comunicárselo a mi esposa.

En aquel momento apareció en la entrada del salón una hermosa mujer negra, cuyos rasgos la identificaban plenamente como madre del muchacho.

—¿Qué se te ofrece, Elisa? —preguntó el señor Shelby.

—Buscaba a Jim, señor.

El niño, que había corrido junto a su madre, mostraba a ésta, muy satisfecho, obsequios que le dio Haley.

—Puedes irte —dijo gravemente el señor Shelby, cuando adivinó las malvadas intenciones del traficante.

El amable caballero se quedó muy pensativo cuando el traficante de esclavos se fue. Era para él muy difícil dar a sus esclavos a cambio de la deuda, pues los querían y habían tratado siempre bien. ¿Cómo decir a su esposa el embrollo en el que estaban metidos?

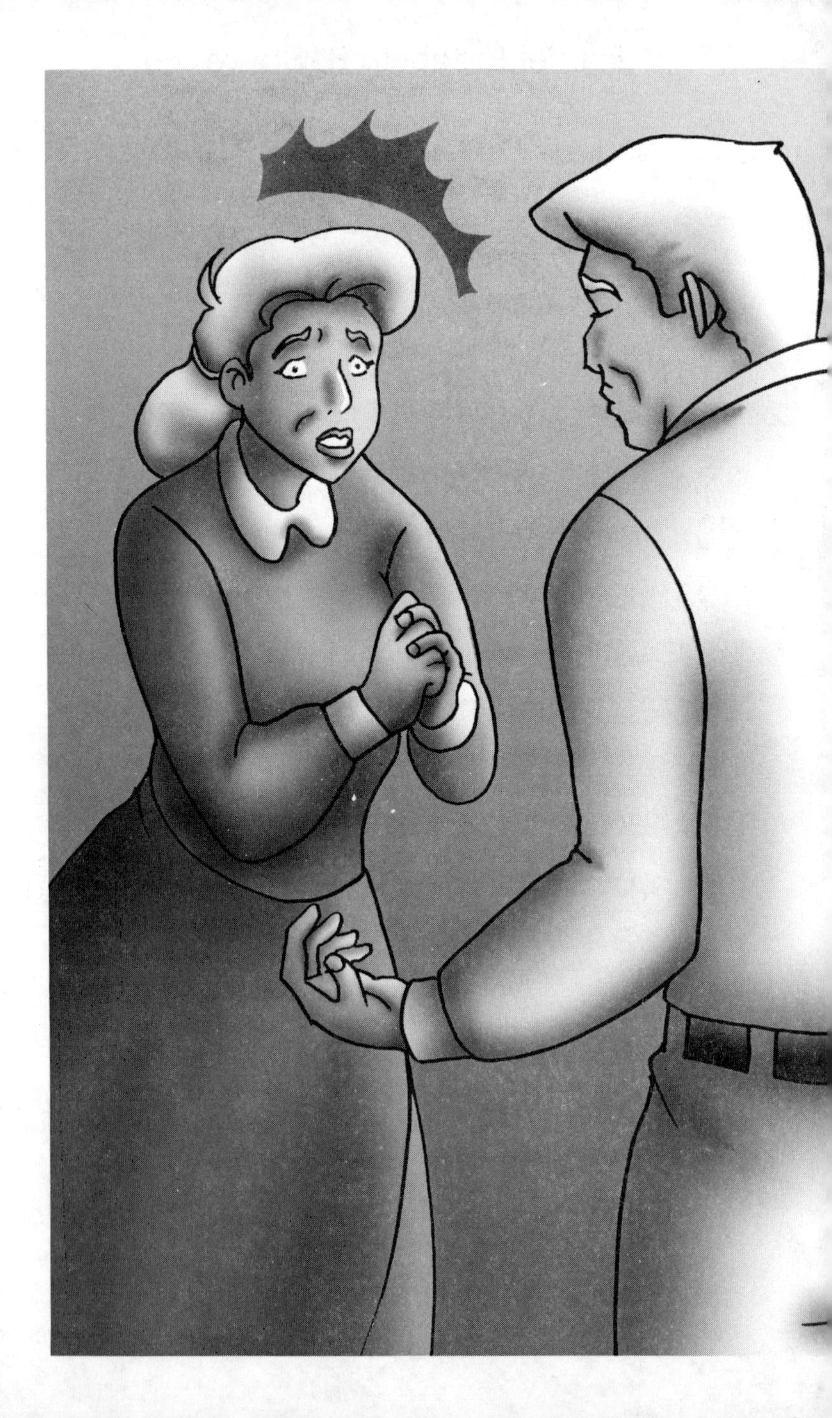

La señora Shelby era una gran mujer. De ademanes distinguidos, cultivada, sentía verdadero afecto por sus esclavos. Lo que su marido le contó, poco después, apenas pudo creerlo. ¿Ceder a Tom, que era de su familia? ¿Y qué decir de Jim, el precioso muñeco al que todos querían? Retorciéndose las manos, dijo a su marido:

—La pobre Elisa ha sufrido ya tanto... Jorge, su marido, vale mucho, pero no ha tenido suerte. Además, perdió otros dos hijos poco tiempo después de nacidos y sólo le queda Jim. ¿Cómo vamos a quitárselo? Ese hombre debe comprender que quitarle un hijo a una madre es un crimen.

Consternación en la cabaña del tío Tom

La cabaña del tío Tom era una diminuta choza de troncos que había sido construida próxima a la vivienda de los señores. Estaba tan limpia, tan coquetamente arreglada a pesar de su modestia, que resultaba sumamente acogedora. A ella acudían todos los esclavos en busca de consejo, si lo necesitaban, o simplemente, en busca de afecto. Sí, Tom era como un padre para todos; tía Cloe, su esposa, acogía a sus hermanos negros con espíritu maternal.

Aquella noche, cuando tía Cloe se disponía a acostar a sus hijos, y Jorge Shelby, el hijo del dueño, abandonaba la cabaña de los que consideraba sus amigos, llegó Elisa.

Elisa esperó a que el joven, que tenía 13 años y era sumamente inteligente, se alejara. En aquel momento, el tío Tom y su familia comprendieron que algo grave le sucedía, a juzgar por su aspecto de tristeza y nerviosismo.

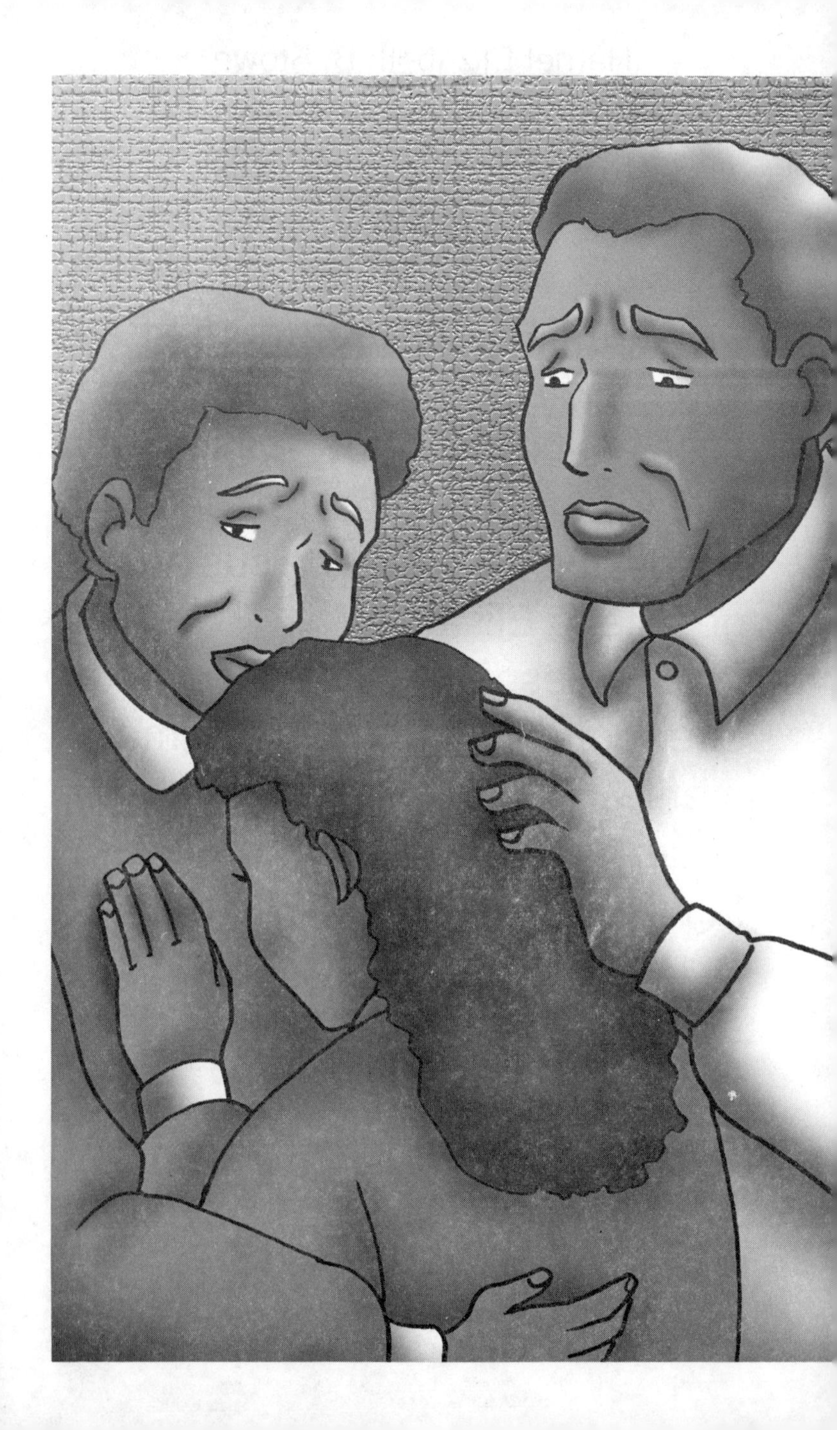

—Está ocurriendo algo espantoso tío, ¡espantoso! Ya sé que está mal, pero he podido escuchar lo que el amo hablaba con un tratante de esclavos y...

Los sollozos le impedían continuar. El tío Tom, un hombre fuerte, de expresión noble, pulcramente arreglado –un gran señor negro–, acarició la cabeza de la muchacha. Y tía Cloe, sumamente inquieta, la apretó más entre sus brazos.

—Vamos, hijita, vamos... El amo siempre nos ha tratado muy bien y nos quiere, no importa si viene un tratante de esclavos, o si vienen diez. Es lo mismo. ¿Y nuestra amita, que se desvive por nosotros?

—Sí, ya lo sé, pero parece que el amo se ve en una situación muy comprometida y hoy... hoy... —de pronto tomó impulso—. Usted ya no pertenece al amo Shelby, tío Tom, sino a ese tratante Haley.

El bondadoso negro palideció. Se vio a tía Cloe temblar de pies a cabeza.

—Es la verdad —sollozó la joven—. Esta mañana ha venido ese hombre. Y esta tarde ha vuelto en busca de respuesta.

—¿Estás segura de que el amo ha vendido a mi Tom?—dijo tía Cloe.

—Sí, y si fuera sólo eso... ¡Ha vendido también a mi pequeño Jim!

Tras una pausa, Elisa consiguió hacer un esfuerzo y decir:

—Mi marido va a huir a Canadá y cuando tenga trabajo nos llevará a Jim y a mí con él.

—Huye con Jorge, Tom. La esclavitud es peor que la muerte cuando no se tiene un amo considerado...

—Nunca haré eso, mujer. Si el amo tiene dificultades y con mi venta puede solucionarlas, yo me doy por satisfecho.

Así era aquel negro, con un corazón tan noble que pocos blancos le igualarían. Luego, bondadosamente, dijo a Elisa:

—Tú puedes irte y llevar a tu pequeño, si es tu voluntad. Aprovecha la noche y que Dios te bendiga.

—Voy en busca del niño. Y por favor, tío Tom, retenga a Bruno, el perro, para que no nos siga. No sé qué va a ser de nosotros, pero prefiero pasar hambre y miseria antes que perder a mi Jim. Si tiene ocasión de entrevistarse con Jorge, dígale lo que ocurre—. Y la hermosa Elisa se fue, aprovechando la oscuridad de la noche.

Un negro bueno con grilletes

Por la mañana, al despertar la señora Shelby, mandó llamar a Elisa y ésta no aparecía. Pronto se dieron cuenta de que había escapado y la señora, con el semblante descompuesto, envió en busca de su esposo. En cuanto éste llegó, le contó entre lágrimas lo sucedido.

—¡Eso quiere decir que Elisa ha huido con el niño porque sospechaba la verdad! Dios la ayude para que no la encuentren antes de que se halle a salvo...

El señor Shelby la interrumpió con gravedad:

—¿Sabes lo que estás diciendo, mujer? Ese Haley se dio cuenta de mi disgusto por tener que vender a Jim y creerá que todo esto lo he maquinado yo. Voy a verme en un buen aprieto, no lo dudes. Ese individuo es inclemente.

El dueño de la hacienda ordenó la búsqueda de la fugitiva, pero sin resultado. Y cuando aquella tarde el tratante apareció para recoger su "mercancía", todos los negritos jóvenes andaban por allí al acecho, gozando de antemano con el chasco que el negrero iba a llevarse.

Shelby tuvo que adelantarse y comunicarle lo ocurrido. Todos fueron testigos de la cólera de Haley, cólera terrible, que no presagiaba nada bueno, y que manifestó con espantosas palabrotas. También mandó buscar a Elisa y juraba que se la pagaría, pero todo fue inútil, no la pudieron encontrar.

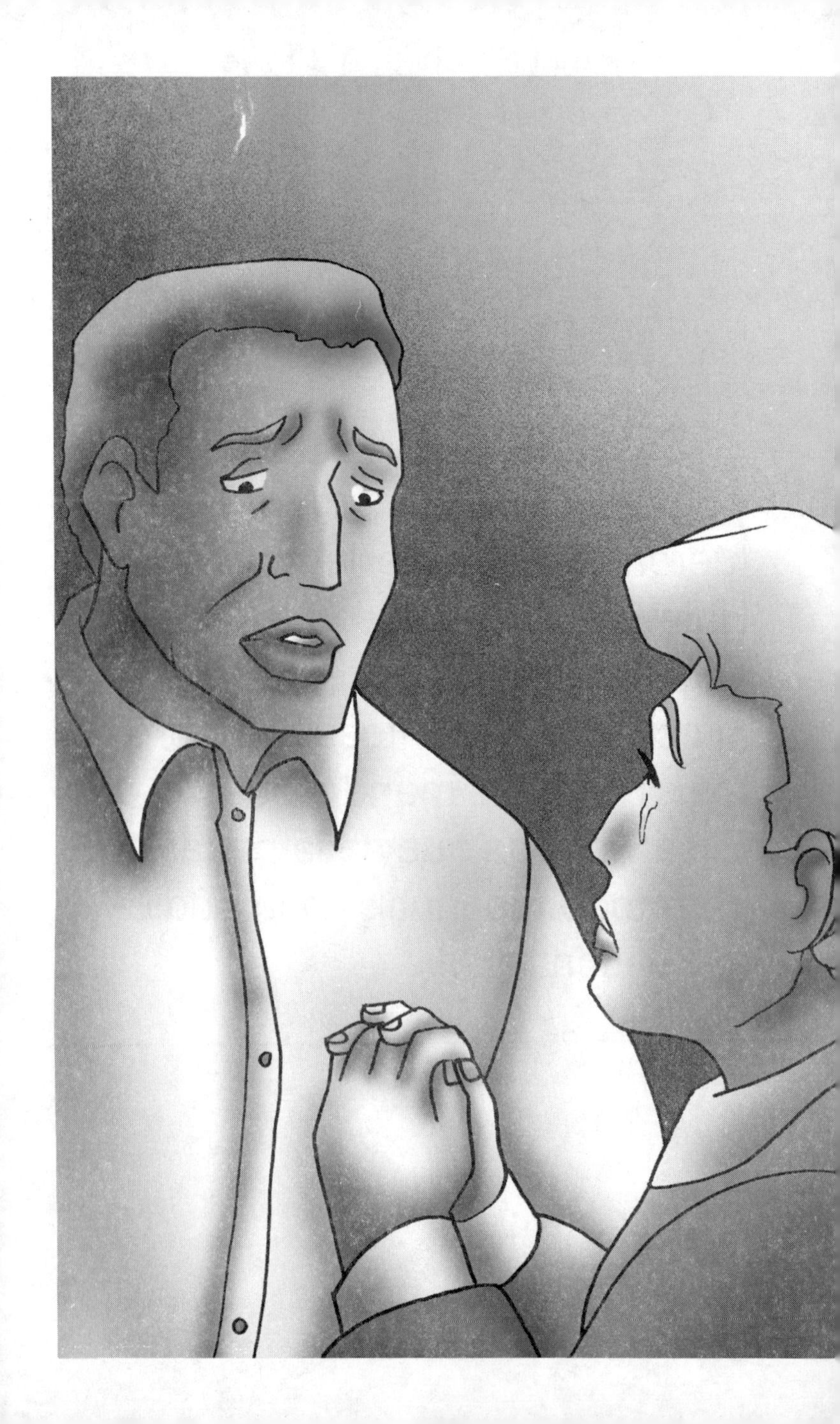

Mientras tanto, la afligida tía Cloe preparaba la ropa de su marido, tratando de ahogar unas lágrimas que se le escapaban a borbotones.

—Si al menos supiéramos a qué lugar van a llevarte...—Le decía a su marido.

El tío Tom levantó la vista de la Biblia que estaba leyendo y dijo con serenidad, aunque estaba destrozado por la separación:

—En cualquier lugar puede haber un cielo para mí, mujer.

—Tom —dijo su ama llorando—, me hubiera gustado darte algún dinero, pero te lo quitarían. Sólo puedo prometerte una cosa: volver a adquirirte en cuanto sea posible...

Afuera aguardaba Haley, impacientándose. El tío Tom, fingiendo una serenidad que estaba muy lejos de sentir, se despidió de su mujer e hijos, y por último, de su ama. Shelby no debía tener valor para presenciar la separación, pues no se le veía por ningún lado. Luego el negro subió al carro, donde ya lo esperaba el tratante.

En cuanto al amito Jorge, que tanto quería al tío Tom, había sido enviado a casa de unos amigos para ahorrarle aquel dolor.

Pero el joven Jorge Shelby había oído los rumores que circulaban y, precisamente cuando el carro se detuvo en una herrería, apareció a lo lejos, en su caballo. Haley había entrado en la herrería y no fue testigo de la llegada del muchacho.

—¡Tom, mi querido Tom! —dijo, abrasándose al buen negro—. Prometo rescatarte en cuanto sea posible y... No, será mejor que huyas ahora mismo. Hazlo, por Dios, Tom...

—No amito. El señor lo ha querido así. Además, tampoco podría.

En aquel momento Jorge se fijó en los grilletes que Tom llevaba en los tobillos y lo sujetaban al carro.

La lucha de una madre

No podrían imaginar una mujer tan preocupada como Elisa cuando partió de la cabaña del tío Tom. A la idea de las penalidades que aguardaban al esposo fugitivo y dramático destino de su hijo, se unía el sentimiento de culpa por abandonar la tierra que la había visto nacer como una malhechora.

Elisa, por instinto de defensa, llevaba a Jim en sus brazos, aunque por su edad pudiese ir caminando. Y sus fuerzas parecían potenciarse con el peso de su hijito.

—Mamita, ¿debo estar despierto?

—Duerme, corazón, mamá vela por ti.

A pesar de las terribles noches de frío y hambre, Elisa supo resistir hasta que llegó para ella y el pequeño Jim, la ayuda de una pareja de esposos que no estaban de acuerdo con la esclavitud, con el tráfico de seres humanos y mucho menos con los castigos corporales. De ese modo, la joven madre pudo escapar para reunirse después con su marido.

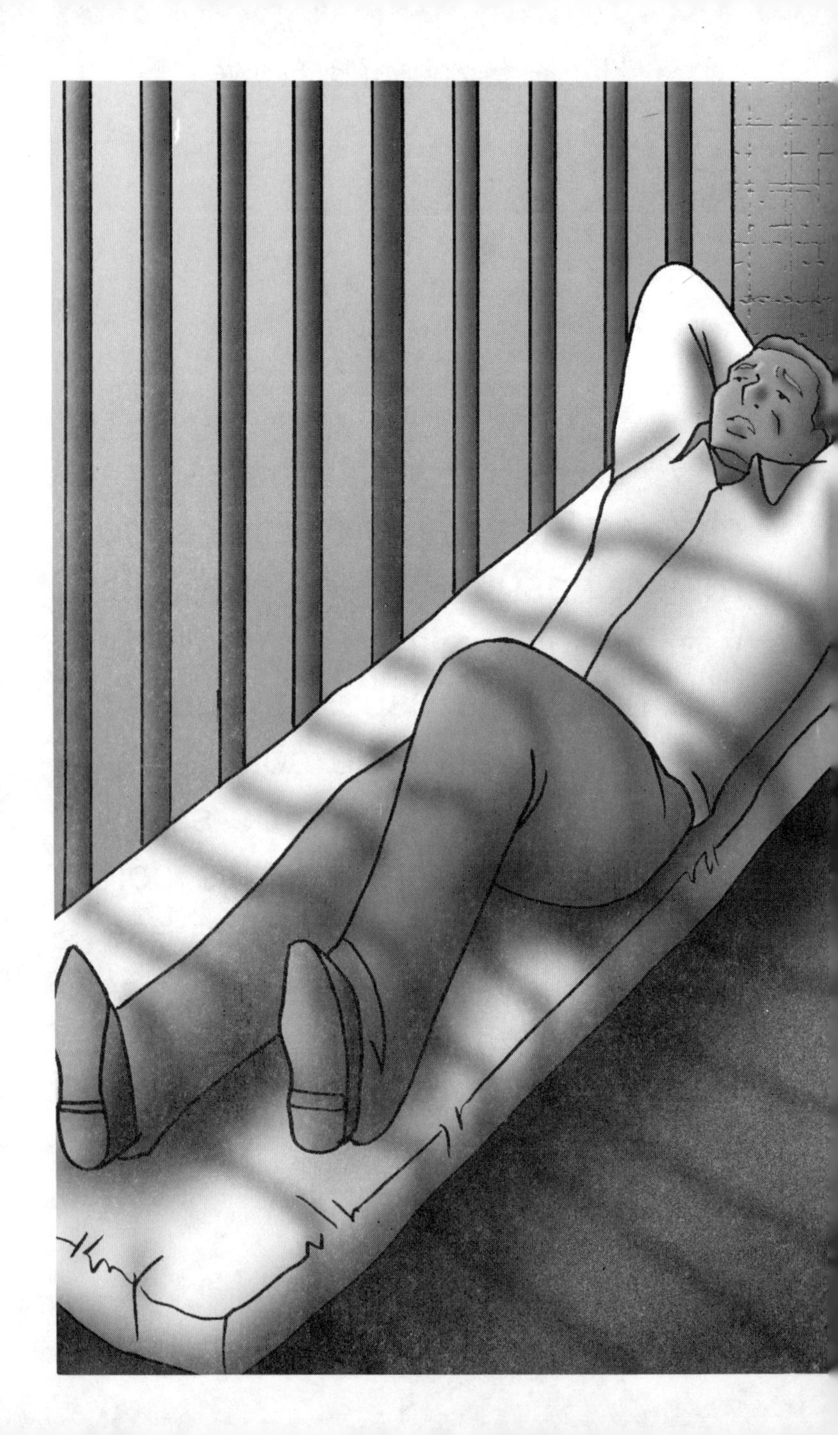

Y mientras tanto, ¿qué había sido del tío Tom?

El buen Tom, dócil con la voluntad de su amo, se dejaba conducir por el señor Haley. Era un largo viaje en carro y, a veces, para romper el silencio, Haley hablaba; incluso leía en voz alta los carteles que veía al paso. Algunos anunciaban la venta de esclavos.

Al llegar la noche, dormían en algún lugar del camino. Haley en una cama de posada y Tom, por lo general, en una celda carcelaria.

El destino de los esclavos de los Shelby

En la travesía, lo llevaron en barco y Tom procuraba ayudar a todo el mundo. Lo mismo auxiliaba a los marineros en los trabajos propios del buque, que al pasaje. En sus ratos libres, leía su vieja Biblia y a veces sus ojos se humedecían cuando recordaba la hacienda de los Shelby, donde fue feliz con su mujer y sus hijos.

Agustín Saint-Clair, el hombre que compró a Tom, era un rico plantador de Luisiana y Ofelia era la señorita a cuyos cuidados iba Evangelina, la niña que hizo que compraran a Tom. Pues se había hecho amiga del esclavo, cuando viajaban en el buque.

Saint-Clair, si bien bondadoso, era un hombre de carácter indolente y descuidado. Su esposa era una rica heredera de Nueva Orleans, muy bella pero banal y egoísta y poco afecta a los deberes maternales. De ahí que Saint-Clair hubiera solicitado la presencia en su hogar de la prima Ofelia.

De no ser por la familia que había dejado en Kentucky, el tío Tom se hubiera sentido muy feliz allí. Pronto se hizo amigo inseparable de la niña y lo trataban muy bien. Sin embargo, Tom temía a su ama. Era el polo opuesto de su marido, desconsiderada e injusta. Si no sabía hacer felices a un esposo y una hija como los que tenía, menos podía esperarse que hiciera algo por los demás...

Elisa y su hijo pasaron por todo tipo de sufrimientos, y por otra parte, Jorge, su esposo, al saber que su mujer había huido, apresuró su propio escape para así poderlos buscar lo más pronto posible. Fueron víctima de la persecución,pero al final de cuentas, ellos estaban decididos a enfrentar y retar su propio destino: el de ser esclavos. Quizá pagarían el precio con su vida, ¿pero qué importaba?, si eran tratados como animales y peor aún. Sin embargo, asumieron el reto y después de algún tiempo, se encontraron libres y reunidos en Canadá.

Muy pronto se ganó la confianza de su amo, lo respetaban y querían; aquel noble esclavo era a su vez la providencia de todos los demás esclavos, de todos los seres desgraciados de aquel lugar. Solía hablarles de Cristo y de la vida eterna, con tan absoluto convencimiento que contagiaba su fe. Cuando veía a los más ancianos vacilar bajo el peso del trabajo, lo hacía por ellos, sin medir su propia fatiga. Predicaba con el ejemplo.

Un nuevo dolor para Tom

Habían pasado algunos años desde el día en que el tratante Haley se llevara a Tom de casa del señor Shelby; sus antiguos amos no habían podido comprarlo, pero aun así, él mantenía contacto por carta con su esposa. En casa de los Saint-Clair, la vida proseguía su ritmo. La dueña de la casa dedicaba su tiempo a sus vestidos, joyas y reuniones, cuando no se entregaba a la indolencia y, por lo que respecta al esclavo Tom, y a Eva, cada día estaban más unidos.

Un terrible día, la poca salud que tenía la niña, se vio quebrantada; todos esperaban lo peor. Aquella noche, la niña moría con una sonrisa de dicha en los labios. Y cuando su padre, desesperado, gimió lamentando su suerte, el fiel Tom le dijo:

—Amo mío, mire a su niña, qué feliz parece. Su cara resplandece de amor, alegría, y paz...

El viejo esclavo, le ayudó a recobrar su fe.

Pero el destino le tenía reservada una dolorosa y cruel sorpresa. El día que Saint-Clair se dirigió a arreglar los papeles para devolverles la libertad a Tom y a todos sus esclavos, como se lo prometió a su pequeña hija, ese día, un asaltante lo hirió con un cuchillo. Al poco tiempo, murió.

Oh triste destino el de Tom, que fue vendido por la terrible Ofelia, su ama.

El tío Tom encuentra la paz

Como en sueños, el buen negro oía la voz del subastador ofreciendo la mercancía en inglés y francés. Un hombre grueso, de aspecto ordinario, le adquirió a él y luego a una joven negra. Tom supo que quien lo compró era plantador de algodón en los márgenes del río Rojo. Se llamaba Legrée.

Horas después, cubierto de cadenas, se encontraba en un barco que navegaba dicho río, embargado por tristes pensamientos: su mujer, sus hijos, quedaban atrás para siempre.

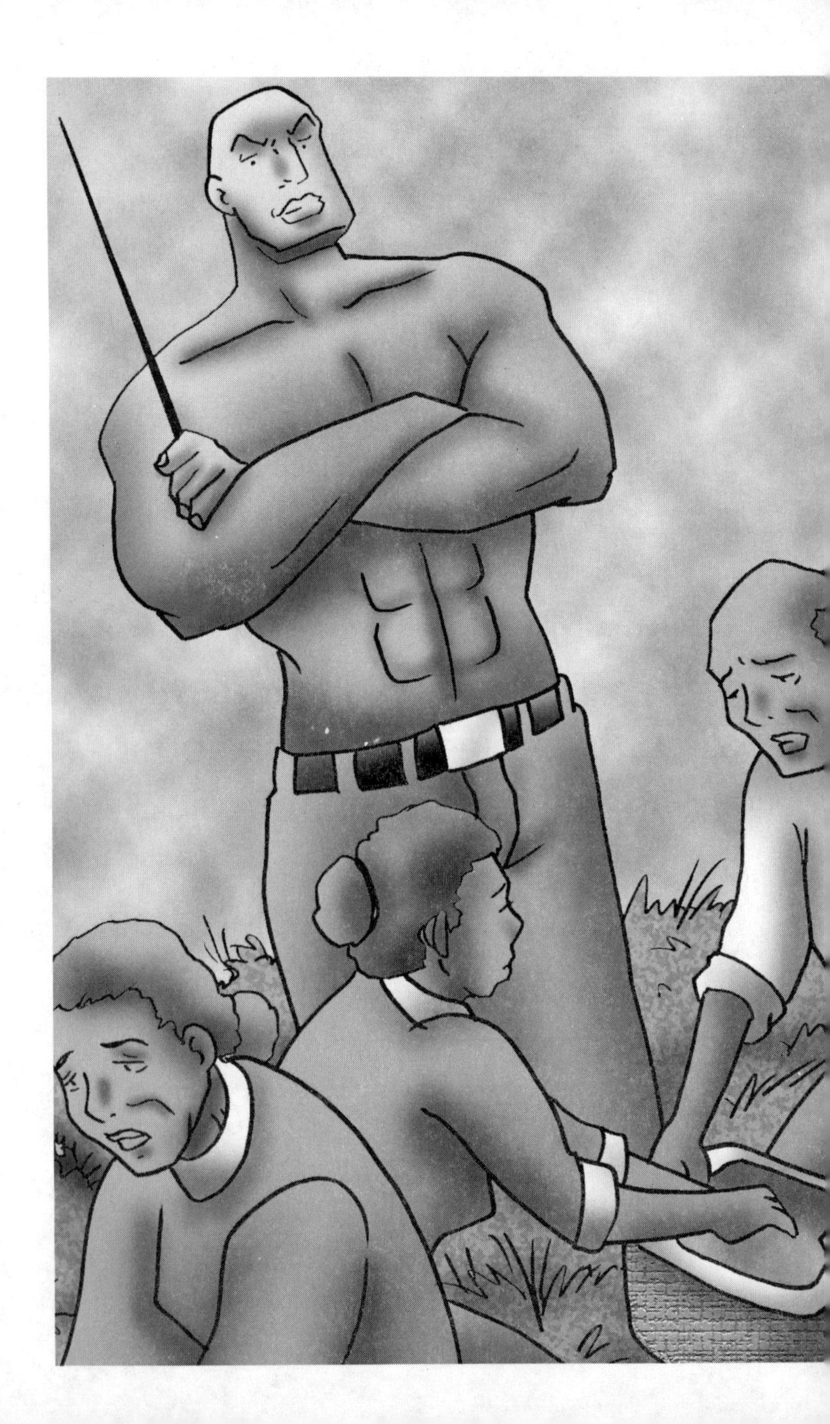

Una vez en la plantación, la impresión de Tom ante lo que veía no era como para levantarle el ánimo. Miserables chozas albergaban a los esclavos, todos cubiertos de harapos.

Dos negros colosales, Sambo y Quimbo, que gozaban del favor de su amo, se encargaban de hacerles trabajar a latigazos, sin descanso, de sol a sol. Y aquella noche, la cena de todos fue un trozo de tarta de maíz. En adelante, su vida sería miserable. El bueno de Tom, con todo disimulo, pasaba el algodón a los cestos de algunas pobres viejas.

Un día lo golpearon porque ayudó a unas pobres mujeres que, cansadas de tantos golpes y maltrato, huyeron.

—¡Vamos, deja a ése sin una gota de sangre hasta que hable!

Entonces Tom levantó la cabeza y dijo:

—Usted, amo, sólo tiene poder para acabar con mi vida, que nada vale. Pero no hablaré y sólo deseo que el Señor le conceda algún día la paz.

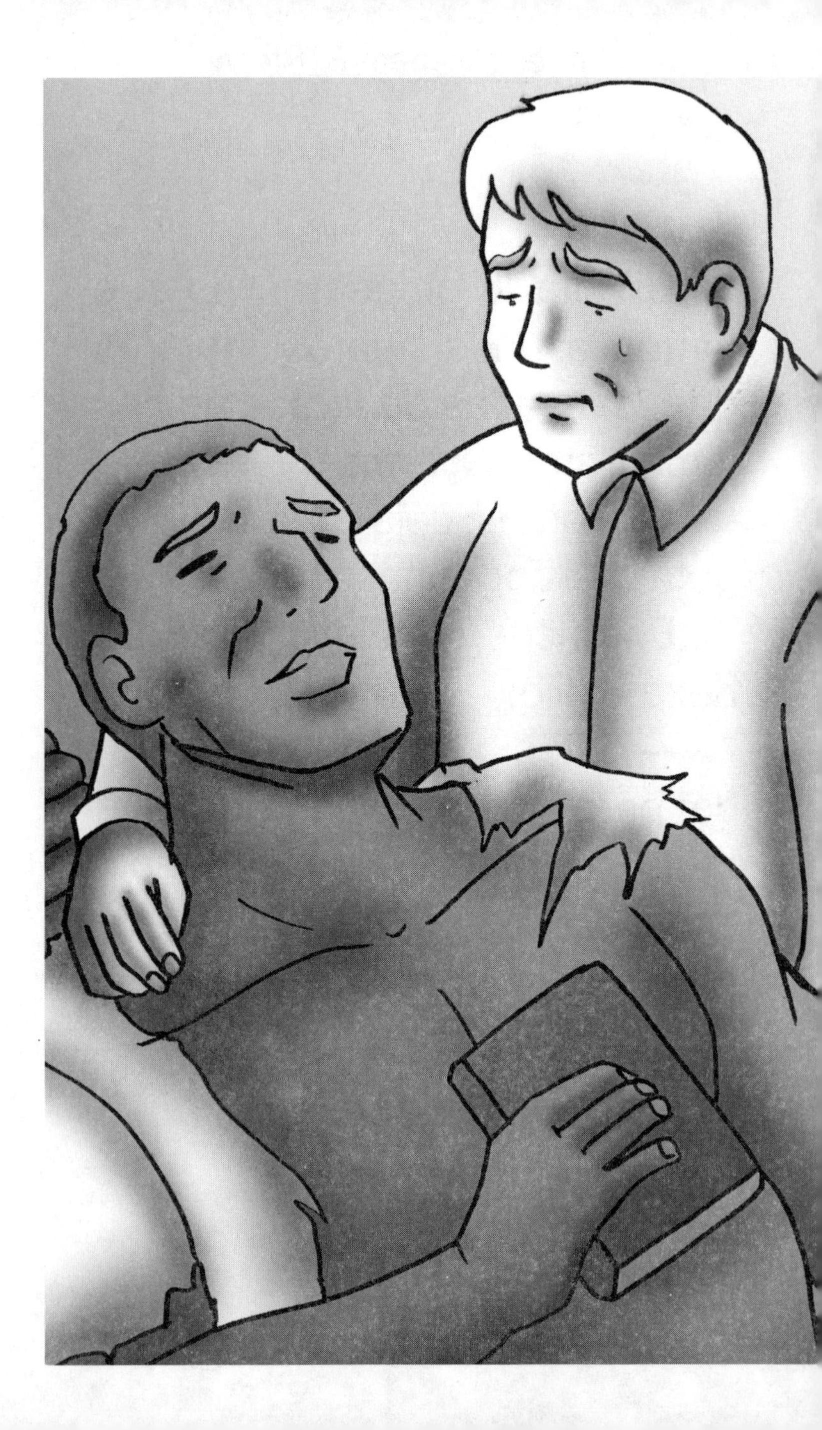

Mientras tanto, el joven Shelby, aquel que cuando niño prometió a Tom ir a buscarlo, llegó a la choza donde se encontraba, pero el tío Tom agonizaba en aquellos momentos. Y sin embargo, la llegada de su muchacho tan querido, prestó a Tom las energías suficientes para preguntarle por su mujer, sus hijos y la señora Shelby. Después murió en brazos del joven amito, con la Biblia apretada contra su corazón.

Jorge Shelby se encargó personalmente de contratar un carro para llevar el ataúd con los restos de Tom hasta la hacienda donde había sido feliz, a pesar de su esclavitud.

Él, personalmente, rodeado de las personas que tanto habían querido al admirable hombre de piel negra, puso la cruz que coronaba la tumba. Delante de aquella cruz, el joven Shelby dijo en voz alta:

—En este momento en que Tom reposa a mis pies, bajo tu tierra, Señor, y teniéndote por testigo, te prometo dedicar todo mi empeño en servir a la causa de la libertad de los hombres de mi país y en librarles de la ignominia de la esclavitud.

Esta edición se imprimió en Diciembre de 2006. Impresos
Editoriales. Agapando No. 91 México, D.F. 04890.

DOBLAR Y PEGAR

SU OPINIÓN CUENTA

Nombre ....

Dirección ....

Calle y núm. exterior .... **Interior** ....

Colonia .... **Delegación** ....

C.P .... **Ciudad/Municipio** ....

Estado .... **País** ....

Ocupación .... **Edad** ....

Lugar de compra ....

Temas de interés:

□ ***Empresa***	□ ***Psicología***	□ ***Cuentos de autores extranjeros***
□ ***Superación personal***	□ ***Psicología infantil***	□ ***Novelas de autores extranjeros***
□ ***Motivación***	□ ***Pareja***	□ ***Juegos***
□ ***Superación personal***	□ ***Cocina***	□ ***Acertijos***
□ ***New Age***	□ ***Literatura infantil***	□ ***Manualidades***
□ ***Esoterismo***	□ ***Literatura juvenil***	□ ***Humorismo***
□ ***Salud***	□ ***Cuento***	□ ***Frases célebres***
□ ***Belleza***	□ ***Novela***	□ ***Otros***

¿Cómo se enteró de la existencia del libro?

□ ***Punto de venta***
□ ***Recomendación***
□ ***Periódico***
□ ***Revista***
□ ***Radio***
□ ***Televisión***

Otros ....

Sugerencias ....

La cabaña del tío Tom

RESPUESTAS A PROMOCIONES COMERCIALES
(ADMINISTRACIÓN)
SOLAMENTE SERVICIO NACIONAL

CORRESPONDENCIA
RP09-0323
AUTORIZADO POR SEPOMEX

EL PORTE SERÁ PAGADO POR:

Selector S.A. de C.V.

Administración de correos No. 7
Código Postal 06720, México D.F.

COLECCIÓN CLÁSICOS PARA NIÑOS

20 mil leguas de viaje submarino
Aventuras de Tom Sawyer, Las
Cabaña del tío Tom, La
Diario de Ana Frank, El
Hombrecitos
Mujercitas
Quijote de la Mancha, El
Principito, El

COLECCIONES

Belleza
Negocios
Superación personal
Salud
Familia
Literatura infantil
Literatura juvenil
Ciencia para niños
Con los pelos de punta
Pequeños valientes
¡Que la fuerza te acompañe!
Juegos y acertijos
Manualidades
Cultural
Medicina alternativa
Clásicos para niños
Computación
Didáctica
New Age
Esoterismo
Historia para niños
Humorismo
Interés general
Compendios de bolsillo
Cocina
Inspiracional
Ajedrez
Pokémon
B. Traven
Disney pasatiempos